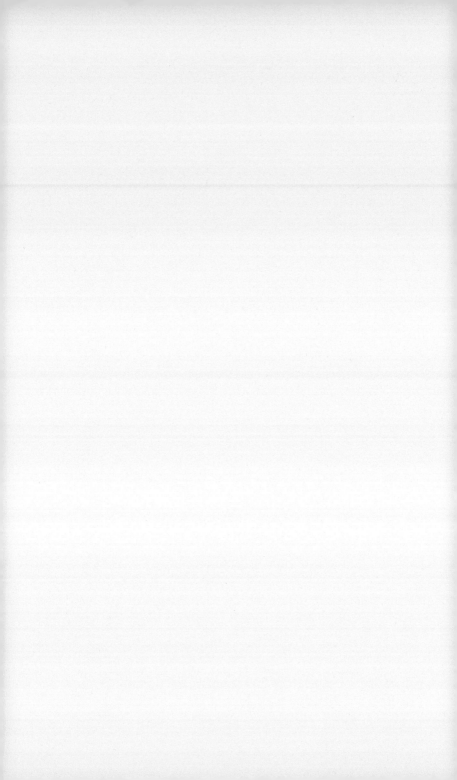

더딘 사랑

더딘 사랑

1판 1쇄 발행   2024년 11월 10일

지은이   김일복
발행인   이선우
펴낸곳   도서출판 선우미디어
            등록 | 1997. 8. 7 제305-2014-000020
            02643 서울시 동대문구 장한로 12길 40, 101동 203호
            ☎ 2272-3351, 3352 팩스: 2272-5540
            sunwoome@hanmail.net
            Printed in Korea ⓒ 2024. 김일복

값 13,000원

※ 이 책은 충청북도, 충북문화재단의 후원을 받아 예술창작활동 지원사업의 일환으로
   발간되었습니다.
※ 잘못된 책은 바꿔 드립니다.
※ 저자와 협의하여 인지 생략합니다.

ISBN 978-89-5658-776-9 03810

더딘 사랑

김일복 시집

선우미디어 sunwoomedia

시인의 말

당신,
잘 있으리라 생각하면서도
사뭇 걱정되는 까닭에
안부를 묻습니다

2024년 10월
김일복

| 차례 |

시인의 말 ·· 5

시인 김일복은 ··· 120

1부 바람이 머물던 자리

물의 꽃 ··· 13

해바라기꽃 ··· 14

바람 ··· 15

바람 돌이 ·· 16

할미꽃 ·· 17

봄 마중 ··· 18

꽃―1 ·· 19

꽃―2 ·· 20

너도바람꽃 ··· 21

채송화 ·· 22

참나리 ·· 23

연꽃 ··· 24

길마가지나무꽃 ··· 25

민들레꽃 ··· 26

2부 허공에 안부를 묻는

울음 터 ···················· 29

섬 ···················· 30

가을에게 ···················· 32

여명 ···················· 34

자화상 ···················· 35

김 시인 ···················· 36

고독 ···················· 38

플라타너스 ···················· 40

가을이 왔다 ···················· 41

공원의 아침 ···················· 42

낙조 앞에서 ···················· 44

호떡 ···················· 46

청춘 ···················· 48

리어커와 나 ···················· 49

하얀 밤 ···················· 50

해방 ···················· 52

3부 사랑의 이해

앉은뱅이책상 ···················· 55

한 잎 가을 ···················· 56

장수풍뎅이 ···················· 58

산 오르며 ···················· 59

내 것이 아닌데 내 것인 듯 ⋯⋯⋯⋯⋯⋯⋯⋯⋯⋯ 60

마지막 선물 ⋯⋯⋯⋯⋯⋯⋯⋯⋯⋯⋯⋯⋯⋯⋯⋯ 61

보고 싶고 또 보고 싶은 사람 ⋯⋯⋯⋯⋯⋯⋯⋯⋯⋯ 62

스펙트럼 ⋯⋯⋯⋯⋯⋯⋯⋯⋯⋯⋯⋯⋯⋯⋯⋯⋯⋯ 64

고마워요, 사랑해요 ⋯⋯⋯⋯⋯⋯⋯⋯⋯⋯⋯⋯⋯⋯ 66

새벽 ⋯⋯⋯⋯⋯⋯⋯⋯⋯⋯⋯⋯⋯⋯⋯⋯⋯⋯⋯⋯ 68

고래 ⋯⋯⋯⋯⋯⋯⋯⋯⋯⋯⋯⋯⋯⋯⋯⋯⋯⋯⋯⋯ 69

꿈속의 사랑 ⋯⋯⋯⋯⋯⋯⋯⋯⋯⋯⋯⋯⋯⋯⋯⋯⋯ 70

흰 눈이 검은 눈으로 내리면 ⋯⋯⋯⋯⋯⋯⋯⋯⋯⋯ 72

비빔밥 ⋯⋯⋯⋯⋯⋯⋯⋯⋯⋯⋯⋯⋯⋯⋯⋯⋯⋯⋯ 73

팔랑귀 ⋯⋯⋯⋯⋯⋯⋯⋯⋯⋯⋯⋯⋯⋯⋯⋯⋯⋯⋯ 74

눈사람 ⋯⋯⋯⋯⋯⋯⋯⋯⋯⋯⋯⋯⋯⋯⋯⋯⋯⋯⋯ 75

4부 사는 동안은 누구나 외롭다

가을에 떠난 사랑 ⋯⋯⋯⋯⋯⋯⋯⋯⋯⋯⋯⋯⋯⋯ 79

여우비 ⋯⋯⋯⋯⋯⋯⋯⋯⋯⋯⋯⋯⋯⋯⋯⋯⋯⋯⋯ 80

13월의 용기 ⋯⋯⋯⋯⋯⋯⋯⋯⋯⋯⋯⋯⋯⋯⋯⋯ 81

이별 ⋯⋯⋯⋯⋯⋯⋯⋯⋯⋯⋯⋯⋯⋯⋯⋯⋯⋯⋯⋯ 82

홍옥(紅玉) ⋯⋯⋯⋯⋯⋯⋯⋯⋯⋯⋯⋯⋯⋯⋯⋯⋯ 84

둥지 ⋯⋯⋯⋯⋯⋯⋯⋯⋯⋯⋯⋯⋯⋯⋯⋯⋯⋯⋯⋯ 86

오이 ⋯⋯⋯⋯⋯⋯⋯⋯⋯⋯⋯⋯⋯⋯⋯⋯⋯⋯⋯⋯ 88

노인(老人) ⋯⋯⋯⋯⋯⋯⋯⋯⋯⋯⋯⋯⋯⋯⋯⋯⋯ 89

국밥 ⋯⋯⋯⋯⋯⋯⋯⋯⋯⋯⋯⋯⋯⋯⋯⋯⋯⋯⋯⋯ 90

비싼 호박꽃 ·· 91

처서 ··· 92

양귀비 ··· 93

5부 더딘 사랑

엄마 손은 약손 ···································· 97

찬장 ··· 98

반성 ·· 100

요양원 가는 길 ··································· 101

어미의 어미 ·· 102

올랑가 말랑가 ····································· 104

엄마는 저만 알아본대요 ······················· 106

물망초 ··· 107

엄마의 바다 ·· 108

더딘 사랑 ··· 110

엄마의 아침 ·· 112

어머니의 밤 ·· 113

단팥빵 ··· 114

사랑의 간격 ·· 116

침묵 ·· 117

술빵 ·· 118

꿈 ··· 119

1부

바람이 머물던 자리

* 바람이 세차게 불면 숨을 제대로 쉴 수 없어 머리를 돌리게 된
  다. 이런 날엔 꽃들도 소란스럽다. 꽃들도 바람 소리에 맞춰 흥
  얼흥얼 노래하며 나부낀다. 한평생 바람과 함께 노래를 부르면
  얼마나 기쁠까?

물의 꽃

빗물이 꼬불꼬불 흐르는 것이
빗소리가 그렸던 꽃이었나
물컹거리는 발아래 그려진 젖은 얼굴
찢어진 화선지에 너울거리고
내가 모를 빗소리는 또 다른 이가 아는 꽃
비 한 줌에 목이 더 마른다
자꾸만 찾아가 보고 싶다 가도
내 마음만큼이나 더 움츠러드는
그리움이 커서 또다시 밀려난다
담벼락에 젖어 스며들어 간
숱한 물의 꽃은
세상 밖 그림자처럼 흩어져 가고
또다시 사방으로 튕기는 물의 꽃은
떨어지는 한이 있더라고
지친 나를 기억함으로

해바라기꽃

코는 어디에 붙었는지
빨간 입술은 왜 둥근지
귀는 얼마나 큰지
수염은 왜 노란색인지
파란 잎들은 별과 달 그리고 태양 아래서
왜 그리 당당한지

모두가 꽃으로 피어나는 건
아마 있을 수 없는 일
피다가 시들어지는 걸 보면
꽃으로 산다는 것은
한줄기 햇빛과 하나가 되는 일

내가 사랑한 사람의
태양을 안고 갈 수 있다면
바람에 밀려나는 일은 없겠다
사랑하는 사람들끼리 우연히 만난 것처럼
기쁜 상상을 하면서 하늘을 향해 웃자

바람

바람은 내게 디딤돌이었다
때로는 섬에서 만나기도 하지만
아무리 기다려도 만나지 못할 때 있다

바람이 만든 세상은 내 마음속 외딴방
아무도 없는 숲속에서
바람은 그늘까지도 품는다

나는 바람을 잡지 않았고
바람은 몸이 하는 말을 들었다
바람의 상처는 치유가 필요했고
잠든 나를 깨웠다

내가 웃으면
바람도 웃을 때 두 손을 포개어 웃더라
왜냐고, 바람을 통해 자백하는
사랑이 부끄러워서

바람 돌이

등 댄 첩첩산중 바람은
뿌얀 연기와 함께 가슴 깊숙이 들어옵니다
달콤한 흰 바람이 고소한 입맞춤으로 펄럭이며
산을 덮자, 온몸이 뜨거워졌습니다
없을 줄 만 알았던 바람이 내게 불어왔습니다
꿈이던가? 꿈이면…
깨면 어떡하지
두 개의 산이 마주 보며 앉아있습니다
아~ 이제 좀 알 것 같은데
잠에서 깨어 산을 뛰어 올라갔다가
다시 내려갑니다
수척해진 몸은 그게 바람이라고 합니다
강한 돌풍에서 만나 싸우더라도
다시없는 예쁜 말을 할 수 있게 되어
곡절이 되는 사랑을 만들도록 하겠습니다
일단 아침이 오면 다시 찾아갈 생각입니다

할미꽃

누구나 늙어가는 일을 겪었고
죽지 않을 만큼 살 수도 있겠다
너는 너대로
나는 나대로
그러니 살려고 죽으려고도 애쓰지 마라
사람 사는 곳에 피어났으니
때가 되면 자연스럽게 몰랐던 일도 알게 된다
그러니 미안해하지도 마라
허리를 펴고 굽히며 땅으로 피어라
짓밟히거나
꺾이거나
모두가 살아있기에 가능한 일이다
겨울이 떠나면
가장 평안한 얼굴

봄 마중

젊은 봄은 어제도 집에 들어오지 않았다
12월과 13월 사이
어른들의 상처를 잊기 전에 우박이 내렸다
몸 안에 혹하나가 생겼다
한낮 동안 시리고, 멍하다
만질 수 있는 상처는 나무의 크기만큼
뿌리까지 내리나 보다
밤이 더 아파서 견딘 상처만큼
따뜻한 봄바람이 불어오겠다
봄이 방긋방긋 웃는다

* 지난가을에 뿌려놓은 시금치 싹이 올라온다. 덩달아 개망
초 비슷한 냉이가 꿈틀거린다. 멀리서 파자마 입은 멍멍이도 꼬
리를 흔들며 밭을 휘젓고 다닌다. 장하다. 올봄엔 시집을 갈 것
같다. 겨우내 있던 봄이 참 달다.

꽃 – 1

벽과 벽 사이에
싹이 트는지 미처 몰랐습니다

나는 너이고 싶었지만
결국에는 나 아닌 아무도 모르는
사람으로 지냈습니다

당신 곁에 내가 머무르는 동안
수줍어하거나
낯설지 않았습니다

세상 어디에도 없는 시간 속에서
숨소리조차 죽여가며
당신 허락을 기다렸습니다

내가 잎새라면
당신은 햇살입니다

꽃 - 2

하루가 피고 질 때
창밖에 마지막 꽃잎을 바라보며
언제쯤 시들까 생각하다가
눈물이 바람에 날립니다

평생을 부대끼며 버티다가
땅으로부터 하늘 높이 다 다르니
꽃의 소리는 더욱 단단해집니다
그러자 내 몸은 기적처럼 살아났습니다

별들도 와르르 쏟아져 빛을 내고
먼 허공을 바라보던 찰나
풍선 하나 터졌습니다
인적없는 곳에 나란히 꽃 피었습니다

너도바람꽃

야윈 몸 숨겨놓고
늘어진 듯
흔들리는 듯
내미는 백의의 얼굴
뻣뻣하게 고집 센 소나무 사이에서
사랑을 수색하듯
드리는 햇살에도
먹먹한 가슴을 적시는 바람에도
느낌 하나로
영롱하게 솟아오르는 천사의 얼굴
이른 봄
말없이
한 자리에 깔고 앉은 향기
그럴 리야 없겠지만 사람이 좋아진다면
순백의 입술을 내밀어 줄까

채송화

길모퉁이에 고개 숙인 채
미래를 점치고 있었지

뿌리를 내리고 싹을 틔우고
꽃잎 피고 질 때까지
다 비워야 했어

여름이 쑥쑥 자라고 있을 때
네가 할 일은 따로 있겠고
내가 알 일도 따로 있겠다 싶어

몸이 아프면 병원에 가거나
약을 먹으면 되지만
행여 향기마저 잃어버릴까 봐

봄부터 힘들었을 너에게
또다시 만나자는 말은 못 하겠다

참나리

볼 수 있는 게 있어
들을 수도 있어
그러니까 견뎌내야 해

뜨거운 뙤약볕에서도 비바람이 몰아쳐도
널 응원하며 소원하며
하늘을 바라보고 있어
간절한 기도가 통하면 안 보이는 것도 보여
그러니까 괜찮아질 거야
들리지 않는 소리도 들릴 거야
세상 끝에서 얻어지므로
모두가 너를 빛나게 할 거야
바람에 먼지를 닦아서
아주 이쁘게 씻어줄 거야

그러니까
밤사이 짓밟히거나 상처가 나지 않도록
하루를 굽혀 기도해야겠지

연꽃

밤새 고인 사랑일까
꽃을 피우기 위해 하늘을 보는 걸까
하늘을 받들고 있는
청명한 눈에는 기도가 가득한데
구름에 닿는 듯
고사리손 뻗어
새소리, 바람 소리 소곤거리는
어린 초록 잎들
위로 솟고
아래로 뻗어가
땅에 닿아 뿌리를 만나고
자비는 하늘에 닿아
반석 위에 피는 이슬

* 해가 스며들지 않은 시간, 허리를 굽혀 화단을 살피고 돌본다.
  내 마음 화단에 꽃이 야무지게 피었다.

길마가지나무꽃

바람이 불어야만
노란 인형은 춤춘다
그것도 나사 풀린 막춤이다
지나던 나그네도 휘청거리다 나자빠진다

그러다 힘들면
하얀 이를 드러내 활짝 웃으며
땅으로 향기마저 내려놓으며
기다림에 지쳐 몸까지 숙인다

이제 바람이 불지 않아도
잊고 있던 웃음을 되찾아
땅에서 하늘로 기쁨을
노래한다

바람이 가져온다던 소식은
없던 걸로 하자

민들레꽃

며칠째 홀씨가 되어
아슬아슬 공기처럼 떠 있는 걸 보면
어떤 곳에 있어도 살 놈이다
두 발 디딜 곳은 어디

2부

허공에 안부를 묻는

* 시작은 쉴 새 없이 반복되다가도 더워지는 시간 앞에 꽃잎을 떨구듯 끝이 나기도 합니다. 땅끝에서 창공의 펼쳐지는 무지갯빛으로 사랑하는 법을 배우고 뜨거움으로 마침표가 되는 날, 사랑을 찾아 누군가에게 꽃을 선물한다면 그 또한 재미있는 일입니다.

울음 터

가시는 무뎌지고
쓰디쓴 오이가 달곰할 때쯤
거기, 하늘거리던 곳

누군가 찾아올 것 같은 기운이 있거나
기다리다 지쳐서 되돌아갔을 때
몇 번이나 찾아갔던 곳
거기, 끝이라는 곳

당신 갈 때 나도 데려가요
아니, 발작을 일으켜서라도
눈물로 달래는
몇 번이고 찾아가고 싶은 곳

주저앉아 포기하고 싶을 때
나를 반쯤 풀어 놓았던 곳

섬

섬은 늘 아파서
아픈 사람을 보면 더 아프다
그래서 아픈 사람을 위해 파도처럼 운다
밀려오는 파도를 받아들이고
때로는 밀어내기도 하지만
섬은 아프니까
더 아픈 사랑을 기다린다

섬은 늘 외로워서
거친 파도를 헤쳐 나가며 기적을 이룬다
아픈 사람은 아프니까 아파하지만
섬은 아픈 사람을 위해 물길이 되어 주고
때로는 파도가 되어 준다
사람이 섬이다

* 뜻하지 않은 일에 안타까움과 갈등을 잠시 접어둔 채 섬에 갔
  다. 섬은 아무 말이 없다. 그래서일까 또다시 섬을 찾게 된다.
  몇 번이고 찾아가도 삶의 무게는 항상 같지만, 좌절과 슬픔에
  반응하지 않고 '다시'라는 침착함과 할 수 있다는 끌림의 확신
  을 갖는다.

가을에게

가을 앞에 서면
이미 멀어진 마음까지 흔들리기도 하고
떨어지는 낙엽은 발걸음도 멈추게 합니다

겨울이 오기 전에 마음을 비우고
겨울이 오기 전에 무거운 짐을 내려놓으라고 하지만
무엇이 나를 붙잡고 있는지
그리움만 짙어 갑니다

어쩔 수 없는 건 그리움이라
추억 따라
잊지 못할 향수를 따라
당신 안에 평화를 누리고 싶습니다

늘 벼랑 끝에 서 있기를 원했던 당신
언제나 사막 한가운데를 찾아다니느라 바쁜 당신에게
나는 어떤 몫으로 살아가야 하나요

아직도 분주하게 살아가는 당신의 흔적을 봅니다
내 생각이 닿지 않는 곳에서조차
나는 당신을 걱정합니다

매 순간 날 살도록 도와준 당신
당신 앞에서 안절부절못하며
어색하게 돌아서야 하는 마음을 아시나요
이제 겨울이 오면 떠나야 할지도 모르는데
언제까지 앓을 만큼 앓아야 하나요

* 누구나 수고스러운 일을 선택할 때가 있습니다. 불안을 극복하기 위해 붕괴할 줄 모르는 자리에서 지금을 기다렸는지 모릅니다. 올려다볼 수도 없고 내려다볼 수도 없는 순간에도 마음만큼은 바깥에 있었습니다. 늘 깨어있는 시간을 담기 위해 하루의 끝을 기다렸습니다.

여명

서두르지 않고 찾아오는 새벽이 좋고
스미듯 찬 바람이 불어오는 새벽이 좋다

보채지 않아도
때가 되면 꽃봉오리 트는 새벽이 좋고

멀리 가지 않아도
우체통 안에 담긴 새소리가 좋다

그렇게 새벽을 만나고
너를 만나서 우리는 아침이 된다

자화상

너나 우리
그렇게 옷을 뒤집어 입고 있다

언제부터였던가
목욕을 안 하면 몸에서 냄새가 났다

밥을 흘리면서 먹거나
반찬을 옷에 묻히거나 할 때

내가 어머니에게 했던 대로
나에게 안부를 묻는다

지친 주름진 표정을 넘나들며

김 시인

이른 저녁 배가 고파 냉장고를 열어보니
김 시인이 가져온 미숫가루가 뜯지도 않은 채
그대로 있다
여름에 시원하게 먹으려고 했는데
계절이 사라졌나 보다
몇 달째 겨울이 오기 전에 가을을 생각하고
깜빡깜빡 봄도 여름도 한 번씩 생각한다
어느 때는 냉장고가 사라질까 봐 부둥켜안고 잤다
오락가락한 정신을 차리고 냉동고를 열어보니
홍성 방파제에 가서 먹고 남은 찹쌀밥과
간짜장 소스 고추장소스 고스란히 정렬된
소시지 몇 봉지들 그리고
퉁퉁 얼어붙은 쑥떡도 있다
모두가 김 시인이 가져온 것이다
이것저것 먹지도 못하지만 '까스활명수'는 한 병밖에
남지 않았다. 생수와 컵라면은 백 개나 넘게 남았다

초코파이에 불닭 소스를 발라 한 개씩 나눠 먹으며
쑥덕거렸던 추억을 김 시인은 기억하고 있을까

내년에는 시간을 잡아 두고서라도
냉장고 정리를 해야겠다

고독

　그날 밤도 다르지 않았습니다 어디선가 교회 종소리가 들려
왔습니다 땡 땡 땡　땡 땡 어디론가 나를 이끄는 소리 꼭 가라
가라 하는 신의 소리인 것 같습니다

　나 혼자 걷다가 외로워져 사람이 그리운 적이 있습니다 그래
서 걸었습니다 생기지 않았던 것과 생겨서 혼탁해진 것들로 종
종 분별력 없이 닥치는 대로 길을 걷다가 길을 잃어버리곤 했습
니다 매번 슬픔과 외로움이 내 감정을 외면하여 또다시 두려움
에 떨었습니다

　어디로 가야 할지 몰라 당황했습니다 오래전부터 길을 찾지
못했으니까요 내 얕은 생각과 억압으로 결국 고독에서 벗어날
수 없었습니다 그래도 용기를 내어 가깝게 들리는 소리를 찾아
발길을 조심스럽게 내디뎠습니다

　고독의 종소리가 땡 땡 땡　땡 땡 울려 퍼지는데 버려야 할
것과 남겨야 할 그것들끼리 이유 없는 껄끄러운 몸짓으로 반란
을 일으켰습니다 내 안에 슬퍼하는 일로 당신을 용서하게 되는
날 내 안이 비워진 걸 알았습니다 이렇게 임을 위한 행진곡은
고독으로부터 끝이 났습니다

* 완전하지 않아도 된다. 이제는 결핍을 메우려고 애쓰지 않아도
  된다. 큰 성벽을 올라가지 않아도 저절로 오를 수 있는 것은
  내가 나에게 신뢰하고 있다는 사실이다.

플라타너스

고린내 같은 냄새는
잎이 커서 그런 것이 아니라
사람도 오래 살면 쇠하고
쉰내가 나는 거와 같은 거지

꼭 집어 사랑을 맹세하고
바라보는 곳을
가리키는 곳을 향해
썩지 못해 제멋대로 뒹굴다 멈추어
밤새 홀로 가로등 앞에서
비를 맞으며 새처럼 잠을 자
그래서
너를 보면 내 가슴인 양 아파

아침이 되고 비가 그치면
어둠을 이겨낸 네가 아름다워
꼭 집어 사랑한 건 너뿐이야
넌 마음이 너무 커

가을이 왔다

서리가 내려앉은 산은
잘 익은 벼처럼 싯누렇다
하늘도 가을이다

서리 맞은 수국은 진보라로 시들어졌고
잘 키운 배추는 하루하루 주저앉는다
오래도록, 아주 오래도록
짓눌렸던 나를 생각한다

가을 대낮은 초저녁처럼 노랗고
고추잠자리는 주위를 맴돌며 자비를 염탐하겠다
어디서든 잣대를 드리워 한 판 할 때가 왔다
이제 평화를 버려도 된다

공원의 아침

이른 새벽 노란 나비들이 날아와
아무에게 안부를 묻는다
벤치에 앉아 머리를 말리고
옷을 갈아입는다
예쁜 속옷들은 하늘을 쳐다보고
바람을 그리워하는 하늘색 풀빛 잿빛은
튕겨 나가듯 여기저기 공원을 휘젓는다
두리번거리는 아침은 나비를 만나 커피를 마시고
휠체어 탄 자전거들이 수선을 떤다
내일의 하루가 끝날 때까지
하루를 참아야 하는 몸짓들
서너 명씩 줄지어 이발사의 손짓에 애타는
아침이 예쁘다
어린 새싹 빛과 병아리 빛 친구들까지
바래지도 빛나지도 않는 나비와
무한한 시작

* 아침을 볼 수 없었다. 나는 어제의 아침에 머물러 있다. 남보다 잘났든, 못났든 살아가는 일은 다 같다. 다른 아침이라고 해 봐야 비가 오거나, 눈이 오거나, 잎이 떨어지는 거 외에는 다르지 않은 아침이다. 아침은 가까이서 보고 멀리서도 보아야 한다.

낙조 앞에서

선홍빛으로 낮아지는
윤슬처럼 빛나는 바닷길에 나를 밀어봅니다

내가 조금 움직이면 바다에 비친 노을이 움직였습니다
힘들고 지칠 때면 늘 바다를 찾아갔습니다
밀물처럼 때로는 썰물처럼 밀려 나가는
이치를 보며 위로하였습니다

바람이 분다고
밀려나고 밀리는 것이 아니라는 것을 알게 됩니다

싸워야 할 때나
도망가야 할 때나
바람은 멀리 갔다가 다시 돌아옵니다
뜨거운 태양도 소멸하는 것 같지만 내일의 태양이 뜹니다

비우겠다고 생각하면
자연스럽게 몸 밖으로 밀어내면 욕망은 밀려 나갈 것입니다

고작 싸움이나 하려는 게 아닙니다
밀리는 것을 즐기겠습니다
밀려나는 것을 즐기겠습니다
밀린 그대로 몸과 마음을 밀어내겠습니다
그렇게 밀린 곳에서 다시 만나 한 몸이 되고 싶습니다
노새가 노을을 쪼아먹기 딱 좋은 날씨입니다

호떡

호떡같이 생긴 누나가
호떡을 판다

뜨겁게 달군 팬에 기름을 두르고
통통한 반죽을 올려놓으면
짜그르르 소리를 낸다
누름 판으로 한 번 누르고 또 한 번
뒤집어 누르면 까르르 소리를 낸다

찰진 반죽을 떼어 둥글게
펼쳐 보지만 들쑥날쑥한 누나 얼굴 같다

반죽 속에 적당히 넣은 설탕이
뒤집을 때마다 몇 번이고 흘러나와
치덕치덕 꼬집어 틈을 메운다

크기도 다르고 못생겼지만 귀엽기만 하다
호떡같이 잘 익어가는 하루다

* 뜨거운 여름 아래 펼쳐진 하얀 천막 사이로 펄럭이는 바람이
  살갗처럼 부드럽다. 기적처럼 나는 몸을 일으킨다. 저녁에 가
  까워질수록 하루는 점점 딱딱해졌다. 낡은 신발장에서 흰 고무
  신을 꺼내 신고 시장에 갔다. 누나의 매력적인 하루가 빛난다.

청춘

말라가는 바람이
사람 사이에 머물러도
어떤 보물과도 바꿀 수 없다네

금방이라도 거친 숨소리를 알아채면
희망과 열정 사이 심장은 기울어지고

어쩌다가 감미로운 입맞춤이 살아나면
사랑을 상상하네

하늘 아래 모든 것이
선물 받은 시간이라네
소리 내어 울 때나 웃을 때가 바로 지금이라네

리어커와 나

사람은 보이지 않았다
리어커만 끙끙대며 언덕길 오르고 있다
아름아름 뛰어가 힘껏 밀었더니
가난은 손을 놓는다
바닥의 무게를 뺀 저울의 바늘은
어깨만큼 쌓인 폐품의 잔재를 싣고
지구만 한 바퀴를 굴리고 있다

하얀 밤

오래전부터 겨울이 겨울 같지 않다
참을 수 없을 만큼 하얀 눈이 그리운 까닭에
지난봄을 까맣게 잊었다

왜 이리 겨울밤이 길고 불안한지
맥이 풀려 흥분을 가라앉혀도
눅눅한 생각에 생각만 길어진다

칠흑 같은 새벽은 다가오고
그 너머 멧돼지 울음소리에 겁이 난다

외통수에 걸릴 듯 막연하게 사랑했던 고요
한적하게 바람만 남은 산언저리에서
서성이다 걸터앉은 듯

* 아침 햇살에 비치는 이슬은 신비스럽다. 마치 인간사가 들어 있는 맑고 깨끗한 옥구슬이다. 푸른 잎 사이로 푸른 나비가 나풀 나풀 날아 옥구슬에 앉을 것 같다. 세상이 촉촉해진다. 이슬은 바람이 씻겨 놓은 언어로 하루를 시작한다. 이슬은 안개가 되기도 하고 구름이 되기도 한다.

해방

푸른 별과 지구를 닮은 달을
누워서 가까이했다
꿈속에서 마저 달아나지 못한 채
결국 삶의 판때기를 버렸다

별도 달도 모두 누웠다
자유는 더욱 과감해졌다

아스팔트가 눕는다
빈 병이 누웠다
살을 내주고 뼈를 지킨다

새의 잠은 소행성으로 떠나는
마지막 열차를 탔다

팔이 빠지도록 힘껏 하늘 향해 돌을 던진다

3부

사랑의 이해

* 정신없이 하루하루를 보냅니다. 그러던 어느 날 꿈속에서 한 여인을 만났습니다. 우리는 어딘지 모르는 길을 오래도록 걸었습니다. 한참 후에야 꿈속에서 들려오는 말이 반복해서 새겨집니다.

이제 내 안에서 당신을 그립니다. 활활 타오르는 내 마음속에 당신이 있습니다. 이제 말 없는 가을의 소리를 눈으로 들어봅니다. 그러다 간절하게 그리워지면 나도 모르게 양손을 포개어 봅니다.

앉은뱅이책상

가지런히 깎은 연필
누워있는 빈 물병
누런 노트
어제 먹다 남은 밥

가 가 가 가
나 나 나 나
송곳으로 찌르는 듯한 균의 소리
해방된 율법

한밤이 한동안
한밤이 한참을
도망치려 일어서기를 반복하는 사이
사랑은 또다시 붉은 밤을 읽는다

한 잎 가을

단풍으로 물든 가을날
시간이 아쉬운 만큼 그리운 사람이 있습니다

바람 한 점 구경하기 힘든 날
향기마저 따뜻한 사람이 있습니다

보고 싶을 때 보고 싶은 장소에
언제나 날 기다려 준 사람이 있습니다

한 잎 가을날 더 보고 싶습니다

행여 보고 싶은 내 마음이 다칠까?
말없이 미소를 지어주는 사람이 있습니다

길을 잃어 방황하는 나에게
마음을 잡아 준 사람이 있습니다

아무리 힘들어도 지치지 않게
꿈과 사랑을 주는 사람이 있습니다

가을 하늘 아래 위대한 사랑을 내어주신
구원의 당신 사랑합니다

한 잎 가을날 더 보고 싶습니다

장수풍뎅이

때로는 비에 젖고
때로는 바람에 휘어지면서도
우산을 펼쳐 본 적이 없다

내 몸과같이 짧은 생에
날아가는 것과 남은 것에 대해
늘 그랬듯이 네가 좋으면 나도 좋았다

균형을 잃어
뒤집혀 지거나 뒤집혀 일어나지 못하면
벽에 기대어 술 한잔하자

나보다 더 아픈 너와

산 오르며

짙은 녹음(綠陰)에 끌려온 게으른 신발 아래 총총거리며 얼굴을 더듬는 다람쥐를 힐끗 본다 뜨거운 입안에 붙어 있는 숨소리는 나무의 이름을 몇 번이고 되새기며 더디게 일렁이는 메아리에 저절로 귀가 쏠린다 이글거리는 눈동자와 후들거리는 풀이 마주할 때 산은 혼자서 운다 나무뿌리 틈에 핀 꽃 등을 나도 모르게 밟아가며 산 자와 죽은 자가 다녀갔던 곳을 오르고 있다 흰 구름이 산으로 내려앉으면 비가 온다고 했던가

모든 이의 고백과 기도를 씻어내며 산은 말없이 제 할 일을 다 한다 높은 산에는 바람이 세다 산은 올라갈수록 춥다 그래서 산은 하늘을 연다

* 토끼가 뛰어간 길을 보고 그 길이겠다 싶어 나도 뛰며 따라갔다. 첫발을 내딛는 순간 미끄러졌다. 다시 일어나 뛰었지만 또 미끄러졌다. 불확실한 하루가 또 미끄러졌다.

내 것이 아닌데 내 것인 듯

담장 위에 핀 노란 장미를 꺾어
식탁 화병에 심어 놓았지
세상에 이런
벌써 거울 앞에 활짝 웃고 있어
사실 가까이 두고
눈으로 말하고
귀에 속삭이듯
비밀을 간직해도
나만 모르게 세상의 힘이 솟아나지

결국 헤매는 꿈을 꾸었지
활짝 웃어 줄 거라
반겨 줄 거라
침이 마르도록 애원했지
저세상 밖에서 손뼉을 치며
뜻밖에 사랑이 기다리고 있을 거라며
내 몸이 알아서 움직인 거야
그러니까 내 것인 듯 내 것 같은 거

마지막 선물

몇 번 만나지 못하고 놀지도 못했는데
뭐가 그리 급하다고
사진 한 장 남기고 떠나가는가

모래알만 한 진실을 두고
누구나 한 번쯤 울어야 사는
사랑은 늘 다른 사랑을 빼앗는 불변

그래 너만 괜찮으면 돼

붙잡지는 않으마

예상할 수 없었던 일은 벌어졌고
예상했던 일은 일어나지 않았기에
최소한 선의
행여, 기적이 따르는 일이라면
고맙다 한 장의 사진

보고 싶고 또 보고 싶은 사람

붕어빵 한 개를 사서 둘이 나눠 먹을까
순댓국 한 그릇을 포장해서 셋이 나눠 먹을까
복권이 당첨되면 제일 큰 족발을 사서
잔치라도 할까

힘들어도 아무 일 없던 것처럼
라면 하나 끓여 먹어야지 했던
한결같은

어쩔 수 없었다고 변명하지 않으며
피하거나 도망가지 않은

울어도 웃는 것처럼
화난 것 같아도
웃으며 날 잡아 주는

혹독하게 버거워도 티 내지 않는

* 해맑은 사람이 있다. 항상 웃으며 정겨운 마음을 느끼게 한다.
  그 사람을 가만히 들여다보면 향기와 빛이 난다. 그냥 편한 사
  람, 그냥 좋은 사람, 그냥 함께하고 싶은 사람, 그냥 그냥 물
  같은 사람.

스펙트럼

끝에 있는 것은
모두 다 알 수 없는 것들
생물이건
미생물이건
보일 것 같지만
눈을 감아야 보이는 것들
육체에서 벗어나 도망 다니는 것
뭔지는 유추할 수 있으나
바깥세상에서 떨어져 나간 것들
세상에서 만질 수 없는 거
얼쩡대는 수천 개의 근육에서 생긴 숙주가
뿜어대는 대체 불가능한 불빛
비칠 듯
보일 듯 도망 다니는 것
탄생의 신비

* 허락도 없이 부스럭거리며 살갗에 앉는다. 너를 만났거나 헤어졌다가도 다시 만나 헤매던 시간을 기억하려 한다. 꿈속에서 일어나는 사건의 전개가 현실처럼 진행되다가 결국 뭔가에 쫓겨 잠에서 깨게 된다. 머릿속은 온통 하얗다.

고마워요, 사랑해요

지금 말하지 않으면 평생 못 할 수도 있을까요
그러니까 눈치 보지 말고 마음이 움직이는 대로 말할게요
화분에 흙을 담고 적당한 물을 주는 일상이 특별하다고
생각될 때는 이미 늦었을 거예요
그러니
예쁘면 예쁘다고
아프면 아프다고
슬프면 슬프다고
사랑하면 사랑한다고 말할게요
그리고
서로 생각나고 궁금해지면
"안녕하세요. 먼저 인사할래요
그것도 하루에 열 번이고
할 수 있으면 백번이고
사랑하면 사랑한다고 말할게요
지금 행하지 않으면 박수도 위로가 될 수 없으니까요
그러니까
고마워요 사랑해요 먼저 말할게요

* 아무 일도 없었다. 하루는 어제처럼 흘러간다. 아무개의 하루가
  또 다른 하루와 다르다고 생각했던 내게는 다 뻔한 하루였다.
  시간을 확인하고 계량할 수 있는 하루가 있다면 하루를 잘 살
  아낼 수 있을까?

새벽

아득한 섬에 있었던 것 같다
그래서 긴 밤을 자근자근 씹어댔다
이빨 사이에 뭔가가 끼었는지
묵직한 것이 내 신경을 건드린다
일어나기를 포기한 채 이쑤시개를 쑤셔 넣어
빼내기를 반복한다
드디어 빠졌다
순간, 퇴 내뱉자
덩어리 하나가 벽에 튕겨 쓰레기통으로 들어갔다
통쾌했다
연둣빛 잎새에 서광이 비치고
이슬은 또 다른 이슬을 낳았다

고래

일요일도 없이 꼬리를 흔들어야 했어.
에메랄드빛 따라 출렁이고 싶었던 거지
궁지에 몰리면 더 빠른 속도를 내기 위해
몸통으로 헤엄치지
온종일 바닷속에서
거미줄 치며 살아갈 수는 없었던 거야
어디로 망명할 수도 없었지
하늘길로 나와 본 적이 없었으니까
플라스틱 주위를 맴돌고 있어
바다 위로 날아온 숨비소리
물길을 잃어버린 거야
세상엔 그물이 너무 많아

* 거대한 몸집으로 먹고살기 위해 몸부림치는 고래는 세상에 그물이 많은 것을 모를 리 없다. 꼬리를 치며 살아가는 고래는 어쩌면 바다 어디쯤에서 파도처럼 살고 있는지도 모른다. 부딪치며 견뎌내는 인간의 본능적인 삶 역시 고래와 다를 바 없다.

꿈속의 사랑

나에게도 봄이 찾아오려나 봅니다
가시 돋친 물푸레나무에 새순이 올라옵니다
내 안에 햇살이 드리우고 사람 냄새가 납니다
모든 것을 다 잃었다고 생각했는데
다시 찾아오려나 봅니다

가시 돋친 물푸레나무에 새순이 올라옵니다
꽃샘바람도 망설이지 않고 내 가슴에 닿습니다
무지갯빛 포장지에 사랑을 실어서
나비처럼 꿈속으로 날아갑니다

늘 꿈꾸던 아름다운 집으로
바람과 내 곁에 머금은 푸른 세상과
꽃과 나비와
청신한 사랑을 색칠하고 있습니다
기적 같은 봄날이 오려나 봅니다

* 사람은 내일을 알 수 없는 불안한 존재라서 서로 믿고 사랑하며
  더욱 사람답게 살아가는 것이 사랑이라고 했다. 그래서일까?
  한적한 시골에 우물을 보면 산새들의 울음에도 미세한 파동이
  없는 고요를 느낀다.

흰 눈이 검은 눈으로 내리면

하늘과 땅 사이 드러나지 않는 비밀이 있다
어느 지점에서 생각과 말을 잃어버린 세상에
하얀 눈이 검은 눈으로 내리면
파랑이 빨강이 될 수 있을까?
아니면 빨강이 파랑이 될 수 있을까?
하얀 눈이 검은 눈으로 몰래 내리지는 않겠지만
지구 지붕을 개량해서 너도나도 모르게 내리는 날에는
인간의 욕망이 거리로 쏟아져 나올 거야
지구의 체온이 떨어진 후 너도 서서히 녹아내리고
앎을 앎으로 오만하던 말이 얼마나 고약한 냄새를 풍기는지
십자가에 등진 어깨로 마지막 성찬식을 하겠지
흰 눈이 검은 눈으로 내리기 전에
드러나지 않은 비밀을 알아내야지

비빔밥

뻘건 열무김치랑
상큼한 해초랑
먹다 남은 콩나물이랑
벌레 먹은 깻잎이랑
밥하고 고추장 넣고 퍽퍽 비비잖아.
밤마다 비벼대는 그놈 맛이여

콘크리트 뚫고 자란 지구랑
반칙왕 인류랑
매운 석회와
플라스틱 가루 넣고
피날레로 폐유를 뿌려서 퍽퍽 비비잖아.
고약한 냄새가 꼭 밤꽃 맛이여

어디 태화산 닮은 비빔밥은 없을까

팔랑귀

말들은 휑하니 방안에 들어앉는다
희미한 눈으로 몇 번을 기울이고 쳐다보고
손가락으로 밑줄을 그어가며
정지화면을 몇 번이나 눌러대며
헛소리만 띄엄띄엄
기도로 바친 시간이다

먹어보지도 못한 입술을 잘라
거친 입술로 몇 번을 오물거리고
왈왈대다가
끝내 버리지 못한 말을
사투를 벌어가며 구겼다 폈다 반복한다
천사와 함께 훨훨 날아가 버렸다
헉헉대고 신음하듯 드르릉 코를 골거나
아무도 몰래 하고 싶은
말들은 버려지고

눈사람

누가 널 보고 있었니
걱정하지 마
하얀 첫눈을
밟는 사람은 다 착한 사람일 거야
너는 또 다른 사람처럼
너를 바라보는 사람들의 소리를
다 들었잖아
어차피 겨울이 지나면 사라질 것이라고
생각하겠지만 사라지는 것이 얼마나 다행인지 몰라
그래서 눈물을 흘리는 거야
그렇게 너도나도 사라질지 모르겠어.
이제 사람들의 표정을 보면 다 알 것 같아
그러니 아픈 것도 견딜 수 있을 거야
시간이 흐르면 내 마음이 녹아내리듯
수없이 먹었던 알약들의 이름도
겨울이 지나면 잊히겠지

4부

사는 동안은 누구나 외롭다

* 나무는 계절마다 다른 모습을 보여준다. 시시때때로 발목이 꺾여 넘어지고 무릎이 까지고 피가 나야 계절이 지나가는 것을 안다. 그래서 더 아프다.

가을에 떠난 사랑

환한 연못, 귀 기울이는
당신의 모습은
붉게 물든 단풍과 닮았습니다
굴절된 가을빛 사이 만나는
굽이 젖어있는 길에서
너는 파도 속에서 사는 것 같아
그래서 내가 아파
깍지 낀 손가락을 만지작거리며
어깨와 어깨가 나란히 부딪치고
또다시 하나둘 손깍지 끼고
몇 번을 왔다 갔다 했는지 모르지요
환한 연못, 붉게 물든 산 아래
나는 또 여기 있습니다
그리고 당신에게
파도처럼 살지 않았다 라고 말하고 싶습니다
어느덧 가을을 보내면서
만지작거렸던 소리를 엿듣고 있습니다

여우비

환하고 환하더니 비 내린다
땅 갈라지더니 물꽃이 핀다
버려진 화분에서 개미 한 마리 기어 올라와
시속 50㎞로 빗속을 달린다
마당 구석엔 목련 봉우리 알밴 듯 더 탱탱하다
뭐가 그리 급하다고 앞다투며 떠나갔는지
매화꽃 향기는 꼬물꼬물 퍼져가는데
세상 참 희한도 하지
비 한번 내리면 이제 겨울이 간다고 하고
한두 번 비 내리면 봄이 왔다고 하니
나비처럼 창문에 납작 붙어 있어야겠다
때맞춰 내리는 비는
나를 붙잡고 놓지 않는데

13월의 용기

　바람눈이 잠깐 내린 탓인지 오늘 할 일을 또 까먹었다 마치 보이는 것도 보이지 않는 것처럼 눈마저 희미해져 간다 책상 위에 놓은 딱 한 달만 기억하는 달력 앞에 용기를 내고 있다 지난 세월 견딘 만큼 마음은 단단해졌지만 이맘때면 단단해진 만큼 주저앉고 싶다 누구에게도 말 못 할 고민은 햇살을 비벼도 사라지지 않는다 그래서 열다섯 살 춘식이를 만나면 아들 손자 며느리를 흉보며 산타옷을 입고 춤추며 농담거리를 찾는다 당장 알 수 없는 것과 잊을 수 없는 것을 위해 선한 것만 믿기로 하자 세상 끝에서

이별

오른 팔목을 잡아
날개 위로 가지런히 뻗었다가
슬그머니 풍성한 가슴에 넣었지
한쪽으로만 자란 팔의 끝은
따뜻했어

그러다 나도 모르게 뒤척이며
새끼발가락으로 이불 걷어
등 밖으로 밀어 나락으로 떨어졌지
통증을 느끼기는커녕 웃음이 나왔어
행복했어

쩔쩔매는 모습이 안쓰러웠는지
새털 같은 이불을 끌어서
가슴까지 덮어주었지

그래도 꿈인지 활짝 웃는 거야
아름다웠어

반쯤 벌린 입으로 혜성 같은
하루가 들락날락했지
왼쪽으로 누웠다가 오른쪽으로 누워도
다시는 떨어지지 않기 위해
새처럼 잠을 자거든

홍옥(紅玉)

붉어져라
예뻐져라
예뻐져라
새벽 주문을 왼다

그렇게 고비를 넘긴 빛나는 별들은
어머니 눈에만 보이고

굽은 등으로 밭에 가시는 모습은
사막의 낙타

상앗빛으로 푸르다가
어느덧 붉음이 빨갛게 마칠 때
어머니 무릎은 세 번이나 절룩거렸고

낡은 솜털 바지 사이로
마주 보는 시작과 결실
귀한 보답으로 따스한 햇볕을 얻는다

붉은 사과 한 입 쪼개어 물고
어이 어허야 사랑가 부르다가
사막의 낙타와 궁색해진 나는
신발을 벗는다

둥지

굶주림의 터가 가슴에 있다
등에 업히거나 힘껏 뛰어
목에 매달리거나
매달린 자를 끌어내린다

내가 태어난 곳은 나만 안다
숨과 숨 사이 위로를 두고
가볍지만 가볍지 않게
편하지만 불편하지 않게
애쓰지 않고 바람으로 남은 것이다

그렇게 기억을 치우고
숨과 숨 사이 먼지를 치운다
이별에는 기다림도 사랑도 없다

반사적으로 엄마의 젖을 더듬더듬 보듬으며
하늘로 향한 창을 연다

* 사랑하면서도 반복된 이별 앞에 불가항력이었던 시절, 거침없
  이 바다를 찾아다녔고, 애원하며 소리쳐 봐도 아무런 소용이
  없었다. 안 되는 일은 뭘 해도 되지 않았다. 머피의 법칙 같았
  다.

오이

얼갈이배추 한 소쿠리 담고
대파 한 포대
참기름 서너 병 담는다
엄마 됐어, 안 담아도 돼
그렇게 안 줘도 된다고 하건만
엄마는 밭으로 나간다
바쁘게 고추를 따느라
내 말은 듣지 않고
검정 봉지에 청양고추 가득 담고
오이는 한 개밖에 없다며
손사래 치고

노인(老人)

그것은 죽는 날을 연기하더라도
끝까지 살아 볼 일이었다
지금까지 살아있는 것으로도 위대하다
그렇다 산 강 하늘 그리고
태양과 바람을 이겨낸 것이다
그러므로 살아 움직이는 끈기야말로
세상에서 가장 아름다운 시(詩)다
먹던 밥을 남겨도 되는
낡고 해진 옷을 아무렇게나 입어도 되는
끝나지 않은 끝을 확인하는 무용의 시간 속에서
우리는 같은 시간을 향해 걸어가고

국밥

오른손이 한 일을 왼손이 모르게
공허한 기도가 슬금슬금 도망치고 있다

거북이 등 같은 손으로
침묵에 고인 국물을 휘젓다가

생의 이름으로
뚜껑 위에 먹던 밥을 한 숟가락 떠 놓았다

국밥 한 그릇 앞에 놓고 입이 보살이라도 되는 듯
입과 입으로 통한다

실웃음 지으며 숟가락 맞대다가
눈으로 밀어내며 서로에게 등불이 된다

덜컹, 길쭉한 세상을 잡은 내 손은 어디에 있을까
거부할 수 없는 시간을 두고 두리번거리는데
거북이 등 같은 손이 하늘을 보며
든든하게 트림하고 있다

비싼 호박꽃

호박꽃이 필 때면
앙망하는 기다림을 가졌다
올해도 열 개만 열리면
몇 년은 배부르겠다고 하셨던
어머니 마음에 비싼 호박꽃이 보인다
늙은 호박은 어머니의 사랑
무시당하고 구박받은 때도 있지만
어김없이 호박고지가 되고
아플 때는 호박죽이 되었다
욕심 없는 가난은
노란 꽃으로 가출을 꿈꾼다

처서

갈바람이 불어오는 날
쐐~잉~ 울던 매미도
두견새도 왜가리도 떠나갔습니다
빛과 소금이었던 사랑도 타닥타닥 휭 잉 척척
나를 내치며 떠나갔습니다

대낮 같은 시계는 방안을 비추고
어디서 울어대는지
찌르르 찌르르 풀벌레 우는소리
개 짖는 소리에 겁먹은 TV 속 주인공도
가던 길을 멈추었습니다

밤은 깊어 새벽달마저 희미해져 가고
서리는 눈물처럼 맺혀 조용히 일어나
아직 남아있는 별을 찾아봅니다
누구도 부러워하지 않을
그리운 청춘을 뒤적거려 봅니다

양귀비

어떤 모습이든 너 안에 너를
내가 알아채듯 너도 나와 같을 거다
그러니 얄팍하게 수작 부리지 마라
네 눈에 보이는 게 다가 아니다

수 없이 휘저으며
입으로 후후 불어대면 흥분할 것 같으냐
웃는다고 속아 넘어갈 것 같으냐

크고 작은 말들은 내가 다 알고 다 듣고 있다
그래서 바람부는 날 베일에 싸인 것들은
소쿠리에 걸려서 날려 보낼 거다
뜨거움에 몰입은 여기까지

어느 지점에서
숨을 들이마시고 공기를 달고
꽃향기 가득한 게 생각나면 그게 바로 평화다
온전한 마음도 부질없다

5부

더딘 사랑

* 어찌하면 당신을 이해할 수 있을까요. 어떻게 하면 당신의 마음
을 알까요. 언젠가는 당신의 눈물을 사랑할 수 있을까요. 아직
도 모르겠습니다. 당신이 주신 사랑이 무엇인지? 나는 아직도
모릅니다.

내 옆에 오래 있어 줄 거라고 착각했습니다. 평생 아프지 않을
거로 생각했습니다. 그래서 당신에게 소홀했는지 모릅니다. 겁
없이 모든 걸 앞질러 판단했습니다. 되돌아갈 수만 있다면 세
살배기 아이로 돌아가고 싶습니다.

엄마 손은 약손

한없이 약하고 약하디약한
손으로 뜨거운 냄비를 번쩍 들어 옮긴다
엄마 손은 하늘을 찌를 만큼 상처가 크다
신세를 펼쳐 보았다
엄마 손에 기운이 뭉쳐있나 보다
내가 체하면 엄마 손이 배를 문지르고
나는 언제 아팠는지 모르게 금세 낫는다
그때부터 나는 밤낮으로 높은 곳을 오르거나
낮은 곳으로 디딜 때마다 엄마 손을 잡았다
엄마 손은 별을 빛나게 하고
태양을 웃게 했다
내 손에 힘찬 생기가 돈다

찬장

오래된 사기그릇의 온기가
손끝에 매달려 있다

찬장 문 삐거덕 열리자
밥그릇 하나 꺼내어
밥을 키운다

찬장 구석구석
하얀 밀가루 묻은 놋그릇 밑에
큰형의 수험료와
여동생 병원비가 조금씩 쌓여간다

찬장이 춤춘다

* 담이라 그냥 넘어가면 되고, 벽이라 그냥 지나쳐도 될까? 어머
  니는 오랜 세월을 같이 하면서 넘어야 할 것도 피하실 것도 없
  나보다. 오늘 저녁만큼은 무탈하게 지나가길 바랐지만, 역시나
  아버지는 밥상을 세차게 내던졌다. 혼비백산하여 어머니를 쳐
  다보자, 어머니께선 "그래도 네 아버지는 치우기 좋게 수돗가
  에 던진단다"라고 말씀하셨다.

반성

거르지 않고
어머니께 용돈을 드렸습니다
사람들은 저에게 효자라고 합니다

어느 날 결혼한 딸이 제게 용돈을 준다고 합니다
아빠가 할머니에게 용돈을 주었으니
자기도 그렇게 하겠답니다

순간 두려웠습니다
전 어머니께 용돈만 드렸지
어떻게 사는지 들여다보지 않았습니다

요양원 가는 길

졸졸 흐르는 무심천 건너
한창 핀 벚나무 아래 발길 멈추고
어머니 얼굴을 그려본다

주름마저 사라져가는 핏기 없는 얼굴
깡마른 살마저 점점 굳어가고
초점 없이 바라보는 엄마는
노을빛 같다

오래된 돌다리는 가까운 듯 멀고
다리에 쥐 난 듯 되돌아갈까 싶다가
샛바람 불어대니
어찌 용서를 구할지 아무 생각이 없다

어미의 어미

허연 머리카락 이고
주름진 손등으로
몇 시간째 쪽파의 껍질을 벗기는 어미는
고개가 아플 때쯤이면
잠시 지나가는 사람들의 시선을 이끈다
그 어미에 어미도 그랬으리라
잠시 한풀 꺾인 풀죽은 듯 머리를 숙이고
어느 사이 한 접 넘는 마늘을 다 깠다
어둑한 밤도 구부러지다 못해 숙이고
무게중심을 잃은 채 다리는 휘청인다
온종일 다 팔아도 관절염 약값도 안 되는걸
아는 어미는 앉은 자리에서
딸의 행복을 저축하고 있다

* 언제부턴가 시장에 가면 쪽파 껍질 까는 할머니도, 생닭을 칼로
  내리치며 손질하는 누나도, 어물전 동태 머리를 쳐대는 애교
  많은 새색시도, 방앗간 집 떡 파는 이모도, 신발가게 누나도 나
  는 다 어머니라고 부른다.

  어머니는 해가 저물도록 장사를 하신다. 예쁜 누나의 눈빛이
  오목한 웅덩이에서 구부러진 밤을 읽는다. 들쑥날쑥 빛이 춤출
  때 다시 살아나는 손놀림이 있다. 영원히 탄탄대로 갈 것 같던
  어머니의 시간은 없다.

올랑가 말랑가

눈 내린 아침
방 문고리 꼭 붙잡고
문틈 사이로 마당을 내다보신다
그러더니 올랑가 말랑가 궁시렁대신다

엄마 얼른 미역국에 밥 말아 먹자 응, 식겠다
동생과 오빠는 주말에 다녀갔는데
홀로 남은 엄마는 생일날 아침부터 걱정이다

밖은 시리도록 추울 거라면서
엄마는 네 자동차 잘 있나 나가 보라고
밥상 앞에 놓고 문틈 사이로 궁시렁대신다
그게 어디 가 사람도 아니고

오래전 막내 사위 자동차 보조 타이어 떼어갔다며
지금도 사위 걱정이다
자식보다 사위를 좋아하던 울 엄마
작년에도 오지 않았다며 궁시렁대신다

엄마 지은 아비 못 와! 저 멀리 미국 갔어
그러니까 얼른 나랑 밥 먹자

엄마는 저만 알아본대요

뇌부종으로 수술을 받고 일 년 전 요양원에 입소했습니다 엄마는 마비가 와서 몸을 가누질 못하고 사람을 알아보지 못합니다 형제 가족이 병원 가서 우리 왔어 하며 쳐다봐도 반응이 없다고 합니다 그런데 아드님만 왔다 가면 자주 병실 문을 바라보며 웃는다고 합니다

며칠 지나면 엄마는 하늘만 쳐다보신대요 그럴 때 사진을 보여주면 물끄러미 바라보다 눈을 감으신대요 요양사가 할머니하고 부르면 놀래서 병실 문만 뚫어져라 바라본대요 엄마는 새벽 4시쯤 일어나 한참을 천정만 바라보다가 고개를 돌려 병실 문을 바라보신대요 할머니가 아드님만 알아보는 것 같다며 요양사는 말합니다 그런데도 나는 엄마를 만나는 게 싫었습니다

* 결국 CT 촬영도 하고 MRI 정밀검사도 했습니다만 알 수 있는 게 없습니다. 마치 보이는 것도 보이지 않는 것처럼 말입니다. 그래서 슬퍼하는 일로 당신을 미워하게 되는 날 내 안이 비워진 것을 알았습니다.

물망초

기억 속에 남아 있는 건
엄마라는 두 글자
하늘 아래
사라지지 않는 사랑의 이름
못다 준 사랑으로
애먼 하늘에 애끊은 소리

아는 가 보다
그래서 하나하나 잊으려 하나보다
아는 가 보다
그래서 하나하나 버리려 하나보다
좋은 기억만 가져가고 싶은가보다

* 이제 고백하오니 따뜻하게 안아주십시오. 절대 탈 나지는 않을
  겁니다. 사실 기다리는 데 익숙합니다. 견디는 일은 다른 어떤
  일보다도 잘합니다. 그래서 슬픔도 잘 견딥니다.

엄마의 바다

바람과 파도를 안으려
어두운 바다를 기다린 건 아닌지
헛헛한 마음과 지친 몸으로
밤마다 바다에 왜 가시는지

바람에 헤진 머리카락을 보며
엄마의 뒷모습을 놓치지 않았다
적막이 흐르고 엄마의 노래가 퍼진다
지금도 몇 개의 음절이 생각나지만
엄마의 노래보다는
매몰찬 찬 파도처럼 겹겹이 쌓인
두려움이 더 컸었다

누굴 그리워하는 걸까
얼마나 외로우셨을까
애달픈 소리는 파도처럼 들락날락한다

지금 내가 아는 건
바닷물을 꽉 쥐고 바다처럼 사신 엄마다

그래서 바다는 엄마의 울음터다

더딘 사랑

낮이 아파 밤잠 못 이루는 당신
얼마나 급하게 살아왔는지 조금은 알 것 같습니다
그래서 당신의 숨결을 놓치지 않으려 긴장합니다
아무도 모르게 당신만 바라봅니다

새벽 찬 서리보다
떠오르는 햇살보다도
매일 다른 아침을 위해
먼저 진을 치고 있을 당신을 생각합니다

이제 당신으로부터 의심과 경계를 버리십시오
당신은 할 일이 많아서 걱정이지만
세상은 당신이 바쁘게 사는 걸 원하지 않습니다
지금, 당신의 삶에 여유로운 미소를 보내십시오

식사는 천천히 하시고
설거지도 천천히 하시고

뭐든 더디게 움직이면 좋겠습니다
그래야 거칠어진 당신의 손을 잡을 수 있으니까요
그래야 당신의 몸과 마음이 행복해질 테니까요

더디게 더디게
당신의 숨결을 상상합니다
오래도록 나보다 더 힘들었을
당신이 더 행복했으면 좋겠습니다
나는 당신을 더디게 사랑할 것입니다

* 어느 노인이든 지금까지 살아있다는 이유만으로 존경받아 마땅
  한 일이며, 노인 누구나 행복해질 권리가 있다. 노인은 끊임없
  이 숨을 쉬었고 슬픔과 기쁨을 함께 겪어냈다. 노인은 돌봄을
  원하지 않는다. 누군가도 아닌 '나' 자신으로 사는 것을 원한
  다.

엄마의 아침

톡 쏘는 감칠맛 나는
아침 소리다

지나간 안부는
안부대로 대문에 걸어놓고
미소로 보듬어 안아주던
따뜻한 아침이다

아침은 늦지도 않았고
한 번도 도망간 적 없으며
활짝 열린 대문 앞에
나무처럼 서 있다

뚝딱 뚝딱
보글보글 찌개 끓는 소리
그리운 아침이 흩어져 있다

어머니의 밤

빨간 스웨터 입고
긴 겨울을 지켜 냈는데
컴컴한 시간에 봄비가
시원하게 내려서 좋구나

어린싹이 올라오기 전에
꽃이 먼저 피면
긴 가뭄이 시작된다는 말에
산과 들은 서로가 둑을 쌓아 놓고
홀로 보내야만 하는 어머니의 밤은
봄이 오는 길목에서 떨고 있다

올해는 다
잘 돼야 할 텐데

단팥빵

배고픈 아이가
파란 작업복에서 톱밥 냄새를 맡는다
참다못해 목재소로 향해 내달렸다
아버지도 단팥빵을 들고 뛰어나오셨다
옆구리 터진 단팥이 톱밥처럼 쏟아진다
말랑말랑하고 달짝지근한 단팥이
아버지의 얼굴에 붉게 번졌다

아버지 나이가 된 지금
단팥빵을 사러 신작로로 내달린다
신작로에는 말랑말랑
달짝지근한 냄새가 그윽하다
단팥빵에 입만 대고 오물거리던 철없는 아이는
그때나 지금이나
허기지고 배고프다

* 기억의 저편에 있던 추억이 지금도 생생하다. 뜨거운 여름날 바닷가에서 아버지와 나는 모래찜을 했다. 아버지는 모래에 몸을 묻고 땀을 내면 개운하시다며 좋아하셨다. 나는 삽으로 모래를 퍼내며 즐거웠다. 아버지는 모래찜을 끝내면 단팥빵을 꺼내 주셨다. 아버지를 향한 그리움이 눈발 사이에 날아다닌다. 점심을 드시지 못하는 날에는 빵 하나가 전부일 텐데…. 철없던 일곱 살배기는 어느새 눈시울이 뜨거워진다.

사랑의 간격

이탈하는 일은 없다
그렇다고 가까이 가는 일도 있을 수 없다
그대가 가까이 오면 그만큼만 서서히 밀려나고
행여 내가 가까이 가면 그대는 그만큼 또 멀어진다

우리는 그 안에서 선물이 된다
아무도 들이지 않으며
온전히 그대와 나만이 공간이며 점이며 여백이다
똑같은 높이와 거리를 허공에 두는

어머니 뱃속의 나
자유와 지평이 닿는 평화의 온도
시작이며 영원한 종점이다
절대적 유한한

침묵

생각을 지우라며
고요로부터 웃고 있는 당신

언제나 말없이
손잡아 주던 당신

늘 사는 것처럼
살아라 하시던 당신은

하늘 속에 하늘이며
내 가슴속에 하늘이며

바닷속의 바다며
내 마음속에 바다이며

내 어머니고 아버지다

술빵

술에 취한 아버지가 사 온
술빵은 달덩이처럼 크고 노랗다
아버지 얼굴은 붉은 달덩이 같다

밤하늘 아래 서면
아직도 내 몸에 술빵 냄새가 난다
붉은 달덩이도 나도 기울어져 간다

꿈

여기 흔들어 보고
저기 흔들어 봐도
그런들 야단칠 일 없는데
울컥 밉다가도 돌아설 때
잡아 놓으면 다시 도망가
어디선가 만날 것 같은
그러다 덤덤하게 몸은 경직되고
머리카락은 헝클어져
신발이 벗겨지고
밤새 섭섭한데
자꾸만 도망가는 저것

시인 김일복은

김일복 시인의 시는 다정하다. 그 다정함 속에 간절한 그리움과 따뜻한 안부가 녹아 있다. 그 온기를 받을 수 있음이 큰 위안이다.

섬은 늘 아파서
아픈 사람을 보면 더 아프다.   -<섬>

〈섬〉은 시인 자신이다. 신산한 삶을 아파하면서도 시인은 언제나 더 아픈 이웃을 걱정한다. 모든 꽃과 스치는 바람까지 걱정하는 시인의 소소한 오지랖은 기대도 좋을 사람이라는 믿음을 준다. 그의 시를 정독하게 되는 이유다.

오래도록 나보다 더 힘들었을
당신이 더 행복했으면 좋겠습니다.
나는 당신을 더디게 사랑할 것입니다.   -<더딘 사랑>

〈더딘 사랑〉에서도 시인은 더 많은 사랑을 주지 못해 안달한다. 차라리 자신이 대신 힘들기를 소망하는 그의 여린 마음이 행간마다 얼굴을 가리고 있다.

가끔 글과 사람이 달라서 갸웃할 때가 있지만 글이 곧 그 사람인 경우가 대부분이었다. 누구보다 따뜻함이 그 순수한 사랑과 관심을 앞으로 더 많은 시 속에 담아주길 기대한다.

　－ **류경희** 수필가

『더딘 사랑』은 김일복 시인의 자화상이다. 자연의 소재와 동화되면서 시인의 삶의 철학을 담았다. 아픔이 있는 서정, 사물을 바라보는 감각적 시각과 깊은 사유는 현실적 공감을 불러온다. 시인은 세상 밖의 그림자를 보며 빛과 하나 된다. 바람의 뒤척임에 아파하며 청춘을 뒤적이던 시인은 고요한 사랑의 안식을 찾는다. 시인이 갈구하는 사랑은 일방적인 사랑이 아니다. 그리움이나 원망을 표현하지 않고 내면의 심리적 갈등을 서정으로 섬세하게 묘사했다. 사랑은 자연의 근원에 다가가는 마음이다. 사계절을 탐색한 자연의 본질을 시인의 삶과 연계시켜 진정한 사랑의 가치와 의미를 깨닫게 하는 참으로 귀한 시집이다.

　－ **심억수** 시인

분주한 일상에서 김일복 시인의 『더딘 사랑』을 만났다. 생각해 보니 우리는 너무나 빨리, 빨리하면서 살아왔다. '더딘'이라는 단어가 주는 평안이 가을볕처럼 느긋해진다. 시인은 "꽃으로 산다는 것은 한줄기 햇빛과 하나가 되는 일" "바람은 그늘도 품는다" 이렇듯 맑고 깨끗한 마음으로 살아간다는 것은 시인의 내면에서 우러나는 사람에 대한 연민이 느껴져 시를 읽으며 마음도 따스하고 맑아진다.

이 가을 구절초꽃이 피기 시작했다. 시인은 또 어떤 시를 쓸까? 기대된다. 꿈속의 사랑으로 시의 마지막 장을 닫으며 기적 같은 봄날을 맞이하고 싶다는 시인의 바람처럼 기적 같은 봄날이 기대된다.

- **김용례** 수필가

사물을 보는 김일복 시인의 눈에 깊은 성찰이 보인다. 꽃을 단순히 향기를 주는 사물로 보지 않고 꽃의 말을 듣는다. 그가 보는 꽃의 언어에서는 맑은 샘물이 솟아오른다.

그가 듣고 보고 말하는 시에는 더딘 사랑이 가득 담겨 있다. 수묵담채화를 감상하는 느낌을 안겨준다. 한 걸음 한 걸음 느리게 다가가는 사랑, 그러나 마음 깊은 곳에 간직하여 바람에 흔들리지 않는 사랑, 영원을 노래하는 사랑이 『더딘 사랑』 시집에 넘쳐 흐른다.

시인의 시에서 순수한 사랑이 천천히 스미게 하는 섬세한 속삭임을 듣는다.

−**김정옥** 서양화가, 시인

더딘 사랑

김일복 시집

더딘 사랑